AF199066

Marianne Reiß

Ostern mitten im Dezember

Pfarrhaus-Geschichten

BoD™
BOOKS on DEMAND

Impressum

Lektorat: Alexander Hoffmann, Wissembourg/France
Illustration: Anneke Reiß-Maaoui M.A., Bremen
Titelblatt: Elisabeth Reiß, Braunschweig
Schriftsatz: Susanne Wylegalla, Braunschweig

Bibliographische Information der Deutschen Nationalbibliothek:
Die Deutsche Bibliothek verzeichnet diese Publikation in der
Deutschen Nationalbibliografie; detaillierte bibliografische Daten
sind im Internet über http://dnb.dnb.de abrufbar.

© 2016 Marianne Reiß
2. Auflage 2017

Herstellung und Verlag
BoD – Books on Demand, Norderstedt

ISBN: 9783744822657

für

Tilman und Corinna
Marten und Anneke

Inhalt

Drum prüfe, wer sich ewig bindet

„Du heiratest einen Pfarrer?", fragte vor vielen Jahren mein ältester Bruder entgeistert. Nach einer kurzen Schrecksekunde fügte er hinzu: „Ausgerechnet Du?"

Möglicherweise hätte es ihn weniger erstaunt, wenn ich ihm einen Diamantenschmuggler als zukünftigen Schwager präsentiert hätte. Ich muss schon sagen, mein Bruder traute mir offenkundig so einiges zu. Doch bevor Sie jetzt unzutreffende Vermutungen anstellen, lassen Sie mich erwähnen, dass ich keine Heidin bin. Ich bin auch keine Atheistin und schon gar keine Satansanbeterin. Die schlichte Wahrheit ist, dass unsere Eltern keine Kirchgänger waren und uns eher im humanistischen Sinn erzogen haben. Wir lernten, alle Menschen gleichermaßen zu achten und Dogmen gleich welcher Art abzulehnen.

Ich nehme an, mein Bruder erinnerte sich an unsere losen Familienreden über kirchliche Rituale. Er dachte vermutlich an unsere gemeinsame Konfirmandenzeit. Damals fanden wir große Freude daran, den für uns zuständigen Gottesmann mit einfachen Fragen aus dem Konzept zu bringen. Vielleicht erinnerte er sich auch an unser Vorhaben, während der 68er Studentenjahre den Staub von 1000 Jahren unter den Talaren hervor zu fegen. Er konnte ja so wenig wie ich ahnen, dass das

Leben an der Seite eines Pfarrers viele Gelegenheiten zum kreativen Umgang mit den gesellschaftlichen Dogmen des Alltages bieten würde.

Was mir bei der Heirat natürlich fehlte, war der christlich-kirchliche Schliff, der von der Frau eines Pfarrers erwartet wird. Und so ging ich ziemlich blauäugig an die Pfarrhausarbeit. Für mich sprach nichts als die feste Entschlossenheit, an der Seite meines Mannes ein wenig fröhliche Unbekümmertheit in die konservativ geprägte Welt seiner Gemeinde zu tragen. Dabei pflegten wir eine strikte Arbeitsteilung. Er kümmerte sich um die Christen und ich mich um die Heiden. Auf diese Weise hatten wir einen recht großen Aktionsradius.

Mein Mann, Pfarrer Dietrich Reiß, starb kurz vor unserem zehnten Hochzeitstag. Ich hatte mit ihm wenige, aber erfüllende Jahre. Aus unserer Ehe sind mir vier wundervolle Kinder geblieben. Zwei geschenkte, die mein Mann nach dem Tod seiner ersten Frau mit in die Ehe gebracht hatte, und zwei selbst erarbeitete.

Auch geblieben sind Erinnerungen, die so viele Jahre nach seinem Tod immer noch mein Herz erwärmen und mit Dankbarkeit erfüllen. Wann immer ich von meinen Erlebnissen im Pfarrhaus erzähle, kommt unweigerlich die Frage: „Ist das wirklich wahr?" Ja. Die Geschichten, die Sie hier lesen, sind wahr. Alle. Ich kann keine Geschichten erfinden, dazu fehlt mir die Phantasie. Das Leben kann das viel besser als ich, aber bilden Sie sich am besten selbst ein Urteil.

Die Frau vom Weihnachtsmann

Bevor ich vom Leben im Pfarrhaus erzähle, sollten Sie wissen, wie das alles begann. Dazu muss ich ein wohl gehütetes Geheimnis lüften: Ich bin die Frau vom Weihnachtsmann.

Sie glauben das nicht, weil Sie schon längst den Glauben an den Weihnachtsmann verloren haben? Nun, dann haben wir ein Problem. Wenn es den Weihnachtsmann nämlich nicht gibt, dann hat er auch keine Frau und dann gibt es mich auch nicht. Aber ich bin Realität und 1979 als Frau vom Weihnachtsmann standesamtlich genehmigt und beurkundet. Das war kurz nach Weihnachten in Oberursel bei Frankfurt. Klar hab ich das schriftlich, was denken Sie denn? Ich würde doch nicht in wilder Ehe mit einem Weihnachtsmann leben und das auch noch freiwillig zugeben.

Aha, jetzt kommen wir weiter. Sie fangen an zu grübeln. Kein Grund zur Panik. Die Geschichte ist ganz einfach. Um sie zu erzählen, müssen wir jedoch weit zurück in meine ersten Kinderjahre.

Damals kam der Weihnachtsmann jedes Jahr zu uns. Eine hoch aufgeschossene, männliche Gestalt mit einem jugendlichen Gesicht und einem weißen Wattebart. Dass er keinen Bauch hatte, wie es sich eigentlich für den Weihnachtsmann gehört, machte uns Kindern nichts aus. Allein der Bart und der rote Bademantel reichten als Legitimation. Wenn wir alle ehrfürchtig unsere Gedichte aufgesagt hatten, wurde es gemütlich. Der Weihnachtsmann setzte sich in die Familienrunde. Als einzigem Mädchen unter lauter Brüdern kam mir die Ehre zu, auf seinen Knien zu sitzen und an seinem Bart zu zupfen. Ich fand schon in diesem zarten Alter, dass die Knie des Weihnachtsmannes ein guter Platz für ein Mädchen sind.

Meine Brüder beneideten mich um dieses alljährliche Privileg. Doch allzu lange dauerte es eh nicht. Irgendwann fingen wir Kinder an, über die wahre Identität des weihnachtlichen Besuches nachzudenken. Unter uns Geschwistern herrschte seltene Einigkeit darüber, dass Onkel Herbert nicht in Frage kam. Der war kleiner. Und – wie das im Leben so spielt – in dem Moment, in dem man Dinge hinterfragt, werden sie Vergangenheit. Der Weihnachtsmann kam nicht mehr. Wir vergaßen die ganze Sache.

Als ich viele Jahre später, im Dezember 1979, mit meinem frisch Angetrauten das Standesamt in Oberursel verlasse, sagt er zu mir: „Du hast früher immer zu Weihnachten auf meinen Knien gesessen und mich schon damals so nett angehimmelt."

Das Gastmahl

Unser Pfarrhaus ist eine Anlaufstelle für das fahrende Volk. Hier gibt es heißen Kaffee und Spiegeleier mit Speck. Besonders in den Sommermonaten füllt sich die Pfarrhausküche mit den unterschiedlichsten Menschen. Manche, die nur etwas essen wollen, und viele, die von ihrem Leben auf Wanderschaft erzählen. Den Wahrheitsgehalt dieser Geschichten hinterfrage ich nicht. Ich fühle mich in jedem Fall trefflich unterhalten.

An einem Freitagvormittag, kurz nach unserem Einzug in das Pfarrhaus, wird mein Selbstverständnis als Gastgeberin in Frage gestellt. Der Wochenendeinkauf steht bevor, Küche und Keller sind leer. Es klingelt. Ein Landstreicher spaziert wortlos herein. Setzt sich mitten hinein in die Pfarrküche, in der das pralle Leben in Gestalt von zwei kleinen Kindern und zwei Hunden tobt. Er sagt nichts.

Ich begebe mich hektisch auf die Suche nach etwas Essbarem. Der Kühlschrank ist leer, im Vorratsschrank findet sich noch nicht mal eine Dose Erbsensuppe. Der Kaffee ist auch alle. Ich finde nur noch eine halbe Banane, halte das klägliche Stück hoch und schaue den Gast bedauernd an. Er blickt auf die milde Gabe und sagt immer noch nichts. Schließlich steht er auf und verlässt grußlos das Haus.

Oh je. Ich nehme das als verdienten Vorwurf an meine haushälterischen Fähigkeiten. Das ist für mich besonders peinlich, weil ich eigentlich eine studierte Hausfrau bin. Neun Semester Ernährungs- und Haushaltswissenschaften mit Diplom. Hilft mir in diesem Moment aber auch nicht weiter. Wie gut, dass meine arme Mutter das nicht mehr erleben muss. Ich gelobe im Stillen baldige Besserung.

Doch bevor ich mir meine guten Absichten weiter ausmalen kann, kommt der Mann zurück. Er hat ein längliches Paket dabei und setzt sich wieder an den Tisch. Er wickelt wortlos eine große Wurst aus dem Papier. Die Kinder kommen neugierig heran, die Hunde betteln.

„Gute Frau! Diese Wurst hat mir gerade der Fleischer geschenkt. Die ist zu groß für mich." Der Gast schaut sich bedeutungsvoll um. Die Kinder rücken näher, die Hunde auch. „Ich sehe, Sie können die gebrauchen!" Ich reiche ihm ein Messer und er schneidet die Wurst in handliche Stücke. Es wird ein Festmahl für alle, für ihn, mich, die Kinder und die Hunde. Im Nu ist die komplette Wurst verputzt.

Ich werde nie vergessen, wie der Fremde als Gastgeber strahlend die Wurstscheiben verteilt hat.

David gegen Goliath

Die kleine Pfarrerstochter, drei Jahre alt und schon sehr eloquent, sitzt mit ihrem Papa am Esstisch in der Pfarrhausküche. Außerhalb ihrer Reichweite steht eine Schale mit Keksen. „Ich will den Keks", sagt sie. Mein Mann greift nach einem Keks. Bevor er diesen jedoch weiter reicht, möchte er seiner Tochter eine kleine Lektion in gesellschaftlichen Umgangsformen erteilen. „Du möchtest den Keks", sagt er in sanftem Ton. Die Kleine fühlt sich verstanden und bekräftigt: „Ja, ich will den Keks."

Ich bereite im Hintergrund das Abendbrot zu und beobachte mit großem Vergnügen den Disput der beiden ungleichen Gegner. Mein Mann wiederholt seinen Erziehungsversuch: „Du möchtest den Keks!" Das Töchterchen ist über die Verzögerung verärgert und sieht die Chancen auf eine sofortige Bedürfnisbefriedigung schwinden. Sie insistiert in gehobener Tonlage: „Ich will den Keks!"

Vater und Tochter starren einander an wie zwei Ringer, die gegenseitig die Kraft des anderen abschätzen und auf eine Gelegenheit zum Angriff warten. Die Spannung steigt. Keiner von beiden will nachgeben. Mein Mann betont: „Ich will, dass Du *ich möchte* sagst!!!"

Die Kleine legt ihren Kopf schief und erwidert nach einer kurzen Pause: „Du *möchtest*, dass ich *ich möchte* sage!" Das beeindruckt ihren Vater sehr. Er erkennt mit leisem Stolz, dass die Familienähnlichkeit zwischen ihm und seiner Jüngsten nicht von der Hand zu weisen ist. Sie bekommt den Keks. Und sogar noch einen zweiten.

Alles zu seiner Zeit

Wir sind in den 1980er Jahren. Im Fernsehen läuft eine abendliche Fortsetzungsreihe, die die Gemüter der Gemeinde bewegt: „Oh Gott, Herr Pfarrer." Der Kirchenvorstand sorgt sich schon im Vorfeld, dass es das TV-Team möglicherweise an Respekt vermissen lassen könnte.

Diese Befürchtungen sind jedoch voreilig. Aufatmend stellt man in der Gemeinde fest, dass in der TV-Serie auch nur mit Wasser, aber immer gottgefällig gekocht wird und freut sich auf die neuen hübschen Folgegeschichten aus dem Innenleben eines Pfarrhauses.

Bis es dann in einer Folge zum Eklat kommt. Der Fernsehpfarrer nähert sich – von einer Beerdigung kommend – in deutlicher Absicht seiner Fernsehangetrauten, die das erfreut quittiert. Da geht ein Aufschrei durch die Reihen. Der Kirchenvorstand trifft sich zu Tee und Keksen mit meinem Mann und mir im Pfarrhaus, um zu verhindern, dass im Fernsehen weiterhin der Beruf des Pfarrers durch den Schmutz gezogen werde. Es ist gar von einer einstweiligen Verfügung die Rede.

Die Frauenhilfsvorsitzende fragt: „Sagen Sie mal, Herr Pfarrer, Sie würden doch nicht mit Ihrer Frau ins

Bett steigen, wenn Sie gerade von einer Beerdigung kommen?"

Stille. Mein sonst so redegewandter Mann ringt um Worte. So ist es an der Zeit, dass seine Frau ihren Mann steht und in die erwartungsvolle Stille hinein erwidert: „Ja, wann denn sonst? Sie erwarten doch nicht von mir, dass ich meinen Mann *vor* der Beerdigung ablenke?"

Kleider machen Leute

In den ersten Jahren unserer Ehe habe ich meinen Mann gern damit geneckt, dass sein Talar dazu geeignet sei, modische Sünden und Nachlässigkeiten zu verdecken. Er ließ sich nicht beirren. Unter dem Talar war er regelmäßig korrekt gekleidet, auch wenn es außer mir keiner sah. Bei seinen sonstigen Dienstgängen trug er Jackett und Pullover. Und genau das gab der Kirchenregierung eines Tages Anlass zur Rüge.

Als ich eines Tages sein Arbeitszimmer betrete, schaut er aufgebracht auf ein Blatt Papier in seiner Hand. Oh je, das verheißt nichts Gutes. „Hat man Dir gekündigt?", will ich wissen. „Schlimmer", entgegnet er und reicht mir ein offizielles Schreiben der Kirchenregierung. Ein Oberlandeskirchenrat bittet seine verehrten Brüder im Amte, bei offiziellen Anlässen entsprechende Kleidung zu wählen und keinesfalls in Pullover ohne Binder zu erscheinen. Weiter ist zu lesen, dass sich Synodenmitglieder durch die legere Aufmachung einiger Pfarrer brüskiert gefühlt hätten. „Nanu, warst Du im Schlafanzug unterwegs?", versuche ich, ihn für die Komik der Situation aufgeschlossen zu machen. Ich weiß von seiner Abneigung gegen Schlipse und alles andere, was der Mann von Welt normalerweise um seinen Hals schnürt. Wann immer ich ihm bei einer solchen Prozedur zusehen darf, erinnert mich das an den Kampf des Laokoon mit den Schlangen, ein Bild, das mich früher im Geschichtsbuch der Oberstufe sehr beeindruckt hatte.

Bevor mein Mann das Schreiben zähneknirschend zu den Akten legen kann, ist mein Widerspruchsgeist geweckt. Ich nehme die Sache in die Hand. „Der Brief ist zwar nicht an mich gerichtet, aber als Pfarrfrau fühle ich mich für Deinen Aufzug mitverantwortlich. Dieses Schreiben verlangt nach einer Antwort."

So setze ich mich an die Schreibmaschine und versichere dem hohen Herrn, großes Verständnis für sein Anliegen zu haben. Auch mir seien Schluderhosen und Lodderjacken ein Dorn im Auge. Wieviel mehr erst den Besuchern hochoffizieller Anlässe, bei denen – hier mache die Kirche keine Ausnahme – besonderer Wert auf Äußerlichkeiten gelegt würde. Allerdings müsse ich zu meiner Beschämung gestehen, dass ich meinen Widerwillen gegen allzu legere Oberbekleidung bis zu diesem Tage noch nicht auf Pullover ohne Binder ausgedehnt hätte. Dennoch sähe ich mich bereit, meine Ansicht in dieser Hinsicht zu revidieren. Ich ginge sogar so weit, meinen Mann notfalls mit häuslicher Gewalt dazu zu bringen, all die farblosen Krawatten vorzuführen, die ihm von phantasielosen Angehörigen anlässlich hoher Feiertage auf den jeweiligen

Gabentisch gelegt worden seien. Ich beende den Brief mit der Befürchtung, durch solch rigoroses Vorgehen meine bisher harmonische Ehe aufs Spiel zu setzen. Sollte dies geschehen, so wisse ich doch, dass die Kirchenregierung hinter meinen Bemühungen stehe.

Sie möchten wissen, was der Adressat dazu gesagt hat? Von gut unterrichteter Quelle war zu hören, dass er die Angelegenheit amüsiert und ohne weitere Prüfung zu den Akten gelegt hat.

Die Mütze

Weil wir gerade bei Kleidervorschriften sind, möchte ich die Mütze meines Mannes nicht unerwähnt lassen. Sie war sein Wahrzeichen, das die Gemeinde mit der Zeit klaglos hinnahm. In seinen jungen Jahren war er begeisterter Norwegen-Fahrer gewesen. Die Mütze hatte er von einem dieser Urlaube mitgebracht. Sie schützte ihn fortan gegen jegliche Wetterunbill. Das war aber auch schon alles, was man zu ihren Gunsten sagen konnte. Sie ähnelte einem Helm, auf ihm wandelten weiße Elche auf hellbraunem Hintergrund gleich einer Wüstenkarawane um seinen Kopf herum. Über den Elchen erstrahlte das norwegische Firmament in Form von übergroßen weißen Sternen. Mehr Illustration passte wahrlich nicht auf diese Kopfbedeckung.

Seine Frage an mich, ob sie ihm gut zu Gesicht stünde, war – das wusste ich – rein rhetorischer Natur. Er hätte sich nie von seiner Mütze getrennt. Und so versicherte ich ihm, wie es sich für eine weise Ehefrau gehört: „Es gibt nichts, was einen schönen Mann entstellen kann."

Genau das habe ich viele Jahre später auch zu seinem Sohn gesagt, als dieser sich von seiner Schwester Rasta-Locken flechten ließ.

Lasset die Kindlein zu mir kommen

Evangelische Gemeinden sehen sich gerne in der Tradition der Heiligen Familie und schätzen einen entsprechend würdevollen Gottesdienst. Umso schlimmer, wenn ausgerechnet die jüngsten Mitglieder der Pfarrfamilie diesen Gottesdienst durch spezielle Einlagen beleben.

Die Kinder des Pfarrers stehen unter besonderer Beobachtung. Das macht die Sache für ihre Eltern nicht einfacher, zumal die Kleinen im Pfarrer nicht die kirchliche Autorität, sondern ihren Papa sehen. Die Kirche ist ein für sie vertrauter Raum. Sie wissen genau, an welchen Stellen die Stufen zum Altar besonders laut knarren. Sie kennen die Schlupflöcher, in denen man sich unbemerkt verstecken kann. Von dort aus platzen sie dann mitten in den Gottesdienst, was ihre Eltern oft genug in eine furchtbar peinliche Lage bringt. Ich erinnere mich an einige Vorfälle, bei denen ich mit hochrotem Kopf meine quirligen Kinder unter den strengen Augen der Gemeinde von ihrem Treiben abhalten und aus dem Kirchenraum entfernen musste. In wenig würdevoller Haltung, versteht sich.

Dass beide Kinder sich an einem heißen Sommertag vor der Kirche ihrer Kleidung entledigten, erntete noch lächelndes Wohlwollen unter den Gottesdienstbesuchern. Nur mit Mühe gelang es mir, die beiden Nackedeis und ihre überall verstreuten Kleidungsstücke aus der Besuchermenge herauszufischen.

Ein andermal liefen die beiden während des Gottesdienstes zur Kanzel, schlüpften zu ihrem Papa unter den Talar und umklammerten seine Beine. Es war meine Aufgabe, diesen gordischen Knoten zu lösen und sie unter dem Talar des Robenträgers hervor zu zerren.

Doch das war noch nicht alles. Meine Kinder waren steigerungsfähig. Etwa, als sie während des Gottesdienstes zum Altar flitzten, den prall gefüllten Klingelbeutel schnappten und damit nach draußen verschwanden. Ich rannte ihnen flugs hinterher und erwischte sie kurz vor einem Kiosk, wo sie ihre Beute gegen Gummibärchen eintauschen wollten. Ich schnappte mir die Kinder und den Klingelbeutel. Die Retoure in den Kirchenraum gestaltete sich für die jugendlichen Sünder wie weiland der Gang von Heinrich IV. nach Canossa. So ähnlich muss sich unser königliches Vorbild damals auch gefühlt haben.

Pfarrers Kinder – so heißt es – geraten selten oder nie. Kein Wunder, dass die Gemeinde nach den Auftritten meiner Zöglinge argwöhnte, die junge Pfarrfrau sei

ihren Pflichten nicht im vollen Umfang gewachsen. Ich konnte es ihnen nicht verübeln. Dem Pfarrer sah die Gemeinde solche Nachlässigkeiten nach. Immerhin hatte er größere Aufgaben als sich der Kindererziehung zu widmen. Diese Nachsicht erstreckte sich leider nicht auf seine Frau. Mit den Ratschlägen, mit denen ich in der nächsten Zeit bedacht wurde, könnte ich ganze Erziehungsratgeber füllen.

Nach diesen Erlebnissen traute ich mich nur noch selten zusammen mit meinen Kleinen in den Gottesdienst. Schade eigentlich. Wer weiß, vielleicht wäre dieses Kapitel noch um einiges länger geworden.

Ein Sonntag im Pfarrhaus

„Du sollst den Sonntag heiligen." So predigt es mein Mann von der Kanzel. Dabei steht gerade er an diesen Tagen besonders früh auf, um sich für seine Predigt vorzubereiten. Unsere kleinen Kinder, die nicht nur am Sonntag früh aufstehen, werden in der Pfarrküche beköstigt und mit Aktivitäten beschäftigt, die möglichst wenig Lärm machen. Immerhin sitzt der Papa in seinem Arbeitszimmer und muss sich konzentrieren können.

Für seine Frau ist die erste Klippe des Tages geschafft, wenn er mit seiner fertigen Predigt zur Kirche hinübergeht, um den Gottesdienst zu halten. In den nächsten beiden Stunden dürfen die Kinder toben. Bis es an die Vorbereitung des Mittagessens geht, bleibt noch etwas Zeit. Ich greife mir ein Buch und lege die Füße hoch. „Mama!" Mein Sohn hat ein Problem und mein Einsatz ist gefordert. Ich lege das Buch weg und mache mich ans Werk. Als das erledigt ist, möchte ich mich wieder meinem Buch widmen. Dieses hat jedoch in der Zwischenzeit meine kleine Tochter zu kreativem Schaffen inspiriert. „Warum hast Du in meinem Buch herum gekritzelt?", frage ich sie streng. Tränen kullern. „Da waren doch sowieso schon Bilder drin", schluchzt sie. Ich muss ihr Recht geben. Es ist ein Buch mit Balladen, die auch Zeichnungen enthalten, die mir übrigens gar nicht gefallen. Und ich denke, wenn ein mir unbekannter Grafiker in meinem Buch herum pinseln durfte, dann sollte es meinem eigenen Kind auch erlaubt sein. Aber wir wollen hier keinen Präzedenzfall schaffen. Mutter und Tochter holen gemeinsam Zeichenpapier und Tuschkasten und malen ein Bild für Papa. Es dauert nicht lange, bis sich auch der kleine Sohn dazugesellt. Ich denke bei mir, dass der Sonntag ja noch lang ist und Bilder malen nicht nur meinen Kindern, sondern auch mir großes Vergnügen bereitet. Das ist wohl der Grund, warum beide in späteren Jahren künstlerische Berufe ergreifen werden.

Aber ich will hier nicht allzu weit abschweifen. Dazu drängt die Zeit zu sehr. Bald kommt der Papa aus der Kirche. Tuschkasten weg, Tuschwasser ausschütten – das tue ich lieber selbst – Kartoffeln schälen und Gemüse putzen. „Mama, dürfen wir helfen?" Die Kartoffeln, die ich bereits geschält habe, werden geschickt in ihre atomaren Bestandteile zerlegt. Dazu gibt es in meiner Küche stumpfe Messer, die dem Schaffensdrang meiner Kinder keine schmerzhaften Grenzen setzen können. Aus der Gurke wird ein Rennauto mit Mohrrübenrädern. Es ist wirklich hübsch geworden, die Kinder zanken sich darum. „Hier in der Küche dürft Ihr Euch nicht balgen!" Sie hören nicht auf diese

Ermahnung, also muss ich sie ablenken. „Wer will den Tisch decken?" „Ich!" „Nein ich!" „Beide", spreche ich ein salomonisches Machtwort.

Geschafft. Das Mittagessen ist vorbei, dem Papa hat das Gurkenauto geschmeckt, die Kinder spielen draussen. Jetzt ist Sonntag. Ich greife nach meinem Strickzeug und setze mich in die gemütliche Sofaecke. „Mama, ich will auch stricken." „Dafür sind Deine Hände noch zu klein, das wirst Du später lernen." „Ich will aber jetzt stricken." Oh je. Strickzeug weg gelegt und raus aus der gemütlichen Sofaecke. „Kommt, wir spielen Mensch ärgere Dich nicht", höre ich mich sagen.

14:15 Uhr, die Stunde des Herrn. Biene Maja und ihre Freunde locken die Kleinen vor den Fernsehschirm. Kein Streit, kein Hunger, kein Durst, eine knappe Stunde Funkstille. Was fange ich an mit diesen köstlichen Minuten?

„Hast Du nicht gestern Kuchen gebacken?", fragt der Herr des Hauses. Diese Frage verlangt nach mehr als einer schlichten Antwort. Kaffee kochen, Kuchen aufschneiden und ein kurzes Schwätzchen mit meinem Mann, bevor die freundliche Biene Maja mit ihrem Programm zu Ende ist.

Aber jetzt. Die Kinder sind im Sandkasten. Ich könnte einen Brief schreiben. „Mama!!!!!!" Das hört sich dringlich an. Der Kleine hat sich am Knie verletzt. Blut stillen, Pflaster drauf, dem Schwesterchen auch eins zum Mitleiden. Papa kommt aus seinem Arbeitszimmer, um beim Trösten zu helfen und die vielen neuen Pflaster auf den Kinderknien zu bewundern.

Irgendwie scheint nicht mehr viel übrig zu sein von diesem Sonntag. „Wir haben Hunger!" Nanu, schon wieder? Aber ja, es ist Abendbrotzeit. Anschließend die Kinder ins Bett bringen mit allem, was dazu gehört: Seife in den Augen, Überschwemmung im Badezimmer, Verhandlung über die Anzahl der vorzulesenden Geschichten, Abtrünnige wieder einfangen und erneut ins Bett stecken. Der Papa übernimmt den Rest des allabendlichen Rituals. Er kann so schön singen: „Jesu, Deine Pas-si-on will ich jetzt be-den-hen-ken…" Sollte er versuchen, sich vorzeitig aus dem Kinderzimmer zu schleichen, fordern schlaftrunkene Kinderstimmen eine weitere Singrunde ein: „Papa? Passi-Oon!"

Jetzt ist es soweit. Die Kinder schlafen. Mein Mann und ich machen es uns gemütlich. Es ist Sonntag.

Die roten Schuhe

Bevor ich in späteren Jahren damit begann, an der Bürde des Alters zu tragen, war ich oft auf Highheels unterwegs. Besonders ein feuerrotes Paar gehörte zu meinen Lieblingstretern. Mein Mann mochte es sehr, wenn ich damit vor ihm herum stöckelte. Besonders amüsierte es ihn, wenn ich sie sogar zu Gelegenheiten trug, die schrittfesteres Schuhwerk erforderten. Er zog mich gerne damit auf, dass ich bei der Wahl meiner Schuhe keinen Unterschied hinsichtlich des Anlasses mache. Ich trüge die Pumps sowohl im Theater als auch im Stall. Das war natürlich weit übertrieben. Es gab in der Nähe unseres Pfarrhauses keinen Stall.

Bei der Gemeinde erntete ich mit den roten Stöckelschuhen harsche Kritik. Einige kirchentreue Damen zogen mich diskret beiseite und eröffneten mir im Vertrauen, dass es für Pfarrfrauen eine ungeschriebene Kleiderordnung gäbe. Niemals dürfe die Frau des Pfarrers – weder im Alltag noch zu festlichen Anlässen – farbenfroher daherkommen als eine eventuell gleichzeitig anwesende Witwe.

Das war ein schwerer Schlag für mich. Um dem Ansehen meines Mannes nicht zu schaden, blieben die roten Schuhe im Schrank. Für die Dauer meiner Pfarrfrauenzeit beschränkte ich mich auf gedecktere Farben. Aber Highheels mussten es sein. Da blieb ich eisern.

Nach dem Tod meines Mannes standen die Schuhe noch für eine weitere Zeit im Schrank. Eine Pfarrwitwe – so begriff ich – hatte über den Bekleidungskodex hinaus noch sehr viel mehr ungeschriebene Gesetze zu beachten. So entschied ich mich nach wenigen Jahren einengender Pfarrwitwenschaft gegen die Regeln und für die roten Highheels. Ich zog mit meiner Familie in eine andere Stadt.

Erst viele Jahre später erfahre ich, dass sogar der Papst rote Schuhe trägt. Und dem kann man wahrhaftig nicht unterstellen, eine eventuell anwesende Witwe überstrahlen zu wollen. Hätte ich das bloß früher gewusst.

Weißer als weiß

Es ist der ganze Stolz der Pfarrfrau, dass der Pfarrer am Sonntag in gepflegtem Habit auf die Kanzel steigt. Kein Stäubchen, Schüppchen oder Härchen darf sich von der Rabenschwärze des Talares abheben. Dafür gibt es pfiffige Haushaltshelfer, die vermittels einer Klebeschicht alles Störende entfernen. Die Schuhe haben zu glänzen wie der Christen inwendiges Leben. Auch dafür gibt es gute Hausmittel. Eine besondere Herausforderung jedoch sind die Beffchen*. Weißer als weiß müssen sie sein und so glatt gebügelt wie ein stiller See an einem frühen Sommermorgen.

Nun, mein Mann hatte drei Beffchen. Dazu drei weiße Oberhemden. An den Wochentagen bevorzugte er farbige Oberbekleidung. So wartete ich mit der Weißwäsche immer, bis alle drei Beffchen und Hemden zusammen in die Waschmaschine konnten. In der Regel passierte das am Montag, nachdem das dritte Beffchen seinen Dienst getan hatte.

Doch an einem dieser Montage stört etwas die damals noch junge Haushaltsroutine. Ich vergesse die Weißwäsche. Am folgenden Samstag fällt es mir nachmittags siedend heiß ein – mein Mann hat keine sauberen Beffchen! Ich schaue in den Wäschekorb und finde die Insignien des Amtes verknäult und knittrig zwischen der anderen Familienwäsche.

* *Weiße Halsbinde, die zur Amtstracht evangelischer Geistlicher gehört.*

Ich greife mir Beffchen und Hemden, stopfe sie in die Waschmaschine, gebe Waschpulver dazu und drücke den 60 Grad-Knopf. Wie froh bin ich, dass mir das noch eingefallen ist, bevor es am Sonntagmorgen ein ernsthaftes Problem geben würde.

Die nächsten zwei Stunden gehören den kleinen Kindern. Das Märchen vom Aschenputtel wollen sie hören. Genüsslich male ich jene Stelle aus, an der das Aschenputtel sein Wäschebündel zum Bach trägt, die Wasseroberfläche von einer dicken Eisschicht befreit und mit seinen kleinen, blau gefrorenen Händen das Linnen durch das kalte Wasser zieht. Wie gut es mir doch heute geht, denke ich.

Als die Kinder eingeschlafen sind, mache ich mich auf den Weg in die Waschküche. Zu diesem Zeitpunkt noch sehr gelassen und im Vertrauen in die moderne Haushaltstechnik. Ich ziehe die Hemden und die Beffchen aus der Maschine. Mich trifft fast der Schlag: alle Hemden und Beffchen sind rosa. Gleichmäßig durchgefärbt von einer roten Kindersocke, die irgend-wie den Weg in die Maschine gefunden hat. Mir klopft das Herz bis zum Hals. Glücklicherweise bin ich nicht die Frau, die bei Katastrophen das Handtuch wirft. Ich verzichte darauf, meinen Mann zur Hilfe zu holen. Er sitzt an seiner Sonntagspredigt und darf nicht gestört werden. Eine weise Entscheidung. Ich bin sicher, er würde ohnehin nicht wissen, wie dieses Malheur zu beheben ist. Ich finde noch eine Tüte Entfärber, dem Himmel sei Dank. Also alles zurück in die Maschine – dieses Mal ohne Socke – und zwei lange, bange Stunden auf das neue Waschergebnis gewartet.

Inzwischen ist die Nacht hereingebrochen. So richtig weiß sind die Beffchen trotz Entfärber nach dem ersten Mal nicht. Das Ganze noch einmal mit Waschpulver. Und so geht es die halbe Nacht, bis die Beffchen und Hemden nach und nach weißer werden. In den frühen Morgenstunden ist das Ergebnis zwar nicht hundertprozentig, aber mit diesen Beffchen kann sich mein Mann auf die Kanzel wagen. Ich lege ihm alles bereit und sinke in den wohl verdienten Schlaf. Noch einmal davongekommen.

Zirkus in der Kirche

Von der Frau des Pfarrers wird erwartet, dass sie sich beherzt in die Gemeindearbeit einbringt. Das tat ich damals ohne Zweifel. Bis heute bin ich allerdings nicht sicher, ob meine kreativen Ideen den Zuspruch aller Gemeindemitglieder fanden. Die folgende Geschichte zum Beispiel sorgte für einigen Wirbel unter der lokalen Christenheit.

In unserer Gemeinde spricht eines Wintertages ein waschechter Zirkusdirektor vor. Sein kleiner Wanderzirkus hat in der Nähe das Winterlager aufgeschlagen. Das Geld für das Tierfutter ist knapp geworden. Das Zirkuszelt ist nicht winterfest, an Zirkusvorstellungen ist bis zum nächsten Frühling nicht zu denken.

Der Pfarrer denkt über eine großzügige Spende nach. Seine Frau jedoch, von weltlicherem Temperament, hat eine bessere Idee. Man solle dem Zirkus Arbeit geben und die Möglichkeit, im Gemeindesaal aufzutreten. Mein Mann sieht die Logik dieses Vorschlags sofort ein. Jetzt geht es nur noch darum, den Kirchenvorstand zu überzeugen. Dort befürchten manche verheerende Folgen für den Fußboden und vor allem für die Reputation der Gemeinde.

Doch dem Disput mit einem entschlossenen Pfarrerehepaar ist der Vorstand nicht wirklich gewachsen.

Er wird an die Pflicht zur christlichen Nächstenliebe gemahnt – und zwar zu allen Geschöpfen Gottes. Auch der überragende Wert der Hilfe zur Selbsthilfe wird thematisiert. Die kirchlichen Entscheidungsträger stimmen schließlich zu. Der Zirkus darf im Gemeindesaal gastieren.

In der Tageszeitung wird eine Anzeige geschaltet und der Gemeindesaal für das große Ereignis vorbereitet. Am ersten Vorstellungstag strömen Kinder, Mütter, Väter, Omas und Opas herbei. Die meisten wohl weniger, um die Vorstellung zu besuchen, als vielmehr wegen des Spektakels. Zirkus in der Kirche, das ist eine kleine Sensation.

Marschiert doch mit dem Zirkus ein leibhaftiges Trampeltier in das Gemeindezentrum. Es passt mit Mühe und Not durch die Eingangstür, lässt im Flur einen Klacks vor die Füße der entsetzten Küsterin fallen und trampelt lautlos in den voll besetzten Gemeindesaal. Das Kamel kann rechnen! Und das besser als viele der anwesenden kleinen Kinder – es stapft mit dem Fuß auf die Fragen des Dompteurs unbeirrbar die richtige Antwort. „Was sind zwei plus eins?" „Pfft, pfft, pfft", machen die weichen Trampeltierpfoten auf dem Gemeindesaalboden. „Was sind zweimal zwei?" „Pfft, Pfft, Pfft, Pfft." Die Kinder jubeln, die Erwachsenen auch. Es herrscht eine grandiose Stimmung.

Intern gibt es dann doch noch etwas Ärger. Die Küsterin alarmiert den Kirchenvorstand. Sie erwähnt den Klacks und das Trampeltier, das mit seinen Rechenkünsten den Fußboden des Gemeindesaales zerkratze. Es gibt einen Ortstermin, man besieht sich den befürchteten Schaden und ... findet keine Spuren. Ein Übriges tut „Brehms Tierleben", aus dem die Kirchenvorstände über die Fußanatomie von Trampeltieren informiert werden. Im Gegensatz zu Ochs und Esel, die ja im kirchlichen Raum sehr angesehene Tiere sind, hat so ein Trampeltier ganz weiche Füße, die auch für empfindlichere Fußbodenbeläge gänzlich unproblematisch sind. Schließlich jedoch überzeugt die allen Christen bekannte Aussage, dass eher ein Kamel durch ein Nadelöhr geht, als ... na ja.

Der Wanderzirkus hat noch einige weitere Vorstellungen. Die Küsterin wird für die entsprechenden Nachmittage vom Kamelmist-Dienst befreit und das große Tier ist für einige Winterwochen die Attraktion in unserer Kleinstadt. Vor allem wohl deshalb, weil es am falschen Ort auftritt.

Die Oma im Himmel

Unsere Oma ist gestorben. Die Kinder kommen in heller Aufregung aus dem Kindergarten, wo man sie mit den Worten „Eure Oma ist jetzt im Himmel" getröstet hatte. Sie sind beunruhigt und sie fragen mich, wann denn die Oma Flügel bekommen habe. Sie wüssten genau, dass sie noch keine hatte, als sie sie zuletzt sahen.

„Hat sie sie im Himmel bekommen?", fragt der Bruder. Seine Schwester sieht das eher pragmatisch: „Aber wie ist sie denn ohne da rauf gekommen?" Außerdem geben beide zu bedenken, man habe ihre Oma in einen schweren Sarg gelegt, der erst recht nicht fliegen könne. Dazu bräuchte er einen Propeller, den der Sarg aber nicht hatte.

Jetzt machen sie sich Sorgen, dass die Oma auf ihrem Weg nach oben vom Himmel fällt. So ganz ohne Flügel und Propeller. Ich denke, wir sollten vielleicht auf der Erde einen Flügel-Verleih einrichten. Dann muss sich niemand mehr Sorgen machen.

Wahlverwandtschaft

Meine Schwiegermutter war für unsere Kinder die einzige Oma. Ihr Tod riss eine tiefe Lücke in unser Familienleben. Kein Käsekuchen mehr, den nur sie so unnachahmlich backen konnte. Kein Trost mehr für die Kinder, wenn die Eltern mit ihnen böse waren. Niemand, der sie rückhaltlos sogar für ihre kleinen Sünden bewunderte. Kein Trost mehr für die Eltern, wenn sie manchmal miteinander uneins waren.

Einige Monate später kommen die Kinder vom Spielplatz und erzählen, sie hätten eine neue Oma. Sie säße oft auf dem Spielplatz und hätte immer Bonbons in ihrer Handtasche. Zunächst bin ich beunruhigt. Ich möchte von den Kindern wissen, wie die Dame heißt und wo sie wohnt. Sie versprechen, das bei ihrem nächsten Treffen in Erfahrung zu bringen. Einige Tage später kommen sie aufgeregt nach Hause und sagen: „Sie heißt Müller und wohnt im dritten Stock." Das hilft mir nicht weiter. Im Telefonbuch unseres Städtchens gibt es viele Müllers. Ich setze mich in den nächsten Tagen zu meinen Kindern auf den Spielplatz und warte mit ihnen auf die Oma Müller.

Unser Warten wird belohnt. Da kommt sie, eine zierliche alte Dame mit einem feinen Greisinnengesicht, silberweißen Haaren und einer mit Bonbons gefüllten Handtasche. Wir mögen uns sofort, nehmen sie mit zu uns nach Hause und lassen sie nicht mehr wieder los. Es stellt sich heraus, dass ihre Wohnung im dritten Stock eines Mehrfamilienhauses liegt, in unmittelbarer Nähe unseres Pfarrhauses. Oma Müller wird in den wenigen Jahren, die sie noch zu leben hat, zu allen Familienfesten und auch dazwischen immer wieder bei uns sein. Sie gehört zur Familie. In meinem und den Herzen meiner jüngeren Kinder wird sie immer „die Oma Müller" bleiben, die alte Dame mit dem feinen Greisinnengesicht und der Tasche voll Bonbons.

Die Speisung der 5000

Die Familie macht Urlaub. Am besten so weit von der Gemeinde entfernt, dass der Pfarrer nicht ohne weiteres zurückgerufen werden kann, aber doch so nah, dass die Kinder bei der Anfahrt nicht so oft danach fragen, wann wir endlich da seien.

Mit einer jungen Familie ist man am besten in einer Jugendherberge aufgehoben. Die großen Kinder mit ihren bald zwanzig Lenzen wollen nicht mit. Das ist denen zu jugendbewegt und vor allem zu peinlich.

Die kleinen Geschwister sind dagegen begeistert. Jede Menge Auslauf und Austausch mit den Kindern anderer Familien. Auch für die Eltern Erholung pur. Nur hin und wieder gilt es, einen Streit zu schlichten, hier und da ein Knie zu verbinden, Unfallgefahren vorherzusehen und im Ansatz zu verhindern. Also, kaum etwas zu tun.

Und wie ich da in der Sonne liege und mich dem Fastnichtstun widme, da passiert es. Die kleine Tochter der Herbergsmutter stürzt mit dem Fahrrad auf den Schottergrund und verletzt sich das Gesicht so schwer, dass sie mit der Mutter zum ärztlichen Notdienst in der nächsten Stadt muss. Was für ein Dilemma! Der Jugendherbergsvater ist unterwegs und in einer guten Stunde sind achtzig hungrige Mäuler mit Essen zu füllen. Klar, hier wird eine Frau gebraucht, die sich mit Großfamilien auskennt.

Ich begebe mich sofort in die Herbergsküche, null Ahnung, wo was an Geräten und Zutaten zu finden ist. Aber gemach, gemach. Alle Küchen dieser Welt sind von ihrer Logistik ähnlich aufgebaut. Heute soll es Spaghetti Bolognese geben. Achtzig Portionen. In einer Stunde.

Die beiden jungen Küchenhilfen sind erst seit wenigen Tagen hier und noch nicht wirklich eine Hilfe. Trotzdem gelingt es uns, die Riesentöpfe samt Zutaten klar zu machen und rechtzeitig mit dem Kochen der Nudeln und der Bolognese zu beginnen. Da kommt alles hinein, was eine vernünftige Sauce Bolognese braucht und „einen gibt der Bauer sowieso immer dazu". Eine Minute vor 12 Uhr ist alles fertig. Ich öffne die Essensausgabeklappe und schaue direkt in achtzig hungrige Augenpaare. Teller geschnappt, Nudeln drauf, Bolognese drüber und raus damit. Der nächste Teller. Nudeln, Bolognese und raus. Der nächste ...

Es hört überhaupt nicht auf! Die Nudeln schwinden bedenklich, die Bolognese zeigt bereits den Topfgrund und immer noch eine Schlange vor der Essensausgabe. Jetzt werde ich doch nervös. Am Ende sind nur noch zwei Nudeln da, die Bolognese ist bereits Geschichte und vor mir ein kleiner Junge, der mich erwartungsvoll anguckt. Mein Herz weint. „Warte, ich räume hier schnell auf und dann lade ich Dich zum Essen ein."

„Nee", grinst der Kleine, „das brauchen Sie nicht. Ich bin schon zum dritten Mal hier und eigentlich satt. Aber das schmeckt wie zu Hause!"

Bolognesesoße für 4 Personen :

1 Zwiebel

2 Knoblauchzehen

2 Teel. getrockneter
     Thymian

1 Teel. Curry

1 Prise Chilipulver

2 Essl. Olivenöl

2 Essl. Butter

200 g Rinderhackfleisch

1 Dose Tomatenstücke
     (400 g)

1 Essl. Tomatenpürree

Salz & Pfeffer

Kleingehackte Zwiebel und Knoblauch mit
den Gewürzen in Öl und Butter anbraten.
Fleisch dazugeben und kurz weiterbraten.

Tomatenstücke samt Flüssigkeit und
  Tomatenpürree dazugeben, kurz aufkochen
und mindestens eine halbe Stunde
köcheln lassen.

Zum Schluss pfeffern und eventuell
  nachsalzen.

Die Hausbesetzung

Alle Jahre wieder kurz vor Weihnachten wird bei uns das Pfefferkuchenhaus gebacken. Es ist eine besondere Herausforderung, die einzelnen Teigstücke so herzustellen, dass sie am Ende passend sind und die Statik stimmt. Gelingt das nicht, ist das Teil nur von Eingeweihten als Haus zu erkennen und dem späteren Ansturm der Pfefferkuchen-Knabberer nicht lange gewachsen. Heutzutage ist das viel einfacher. Es gibt Bausätze, die mit Zuckerguss zusammen zu setzen sind und keine großen Anforderungen an handwerkliches Geschick stellen. In den Tagen, von denen ich erzähle, gab es so etwas nicht.

Nun gut. In dem Jahr, über das ich berichte, gelingt das Lebkuchengebäude ungewöhnlich gut. Es sieht aus wie ein Haus und steht wie ein Haus. Es hat Fenster und eine Tür, die sich öffnen lässt. Auch ein Schornstein mit Watterauch wird nicht vergessen. Die Kinder bekleben es mit reichlich Zuckerkram. Für wenige Stunden ist es ein dekorativer Blickfang in unserer Weihnachtsstube. Zumindest solange, bis die Kinder damit anfangen, die Verkleidung abzunaschen.

Normalerweise geht das Pfefferkuchenhaus am zweiten Weihnachtsfeiertag unter großem Gejohle zu Bruch. In diesem Jahr allerdings nicht. Ich kann nicht sagen, warum die Kinder es verschont haben.

Jedenfalls bin ich sehr froh darüber. Das wird mir im nächsten Jahr die nervige Backarbeit ersparen. Ich verpacke es vorsichtig und stelle es auf den Speicher.

Unser erstes Pfarrhaus ist 160 Jahre alt. In solchen Häusern wohnt man nie allein. Wir teilen es mit allerlei Getier, das in den Zwischenböden wohnt. Besonders Mäuse fühlen sich in solchen Refugien wohl. Was da sonst noch haust, möchte ich lieber nicht wissen.

Mäuse mag ich – solange sie in den Zwischenböden bleiben, höre ich gerne ihrem Getrappel zu. Wenn mein Mann Oboe übt, rast die ganze Bande von einem Ende des Bodens zum anderen. Das hört sich an wie Meeresbrandung, die auf einen Geröllstrand trifft. Ob die hohen Oboentöne unsere Mitbewohner inspirieren oder eher in Panik versetzen, könnte eine gute Frage für „Wer wird Millionär" abgeben.

In der Wohnung dulde ich Mäuse nicht. Da kenne ich kein Pardon. Doch die Mäuse tricksen mich aus, sie kommen immer nachts, so zwischen zwei und drei Uhr. Wussten Sie, dass Mäuse Schokolade lieben? Käse und Speck sind nicht so ihre Sache. Der Schokolade können sie nicht widerstehen. Wie ich heute weiß, auch Lebkuchen nicht. Ganz besonders attraktiv für Nager sind mit Schokolade überzogene Lebkuchenherzen.

Während das Pfefferkuchenhaus auf dem Dachboden auf seinen nächsten Einsatz wartet, baue ich den Mäusen eine Falle. Ich lege ein Lebkuchenherz in den Papierkorb unseres Schlafzimmers und warte. Nicht umsonst. Um 2.30 Uhr höre ich: „Kruschel, Kruschel Raschel." Jetzt ist es soweit. Ich springe aus dem Bett, werfe ein Handtuch über den Korb und raus damit in den Pfarrgarten. In den nächsten Nächten das gleiche Spiel. Übrigens weiß ich nicht, ob es jedes Mal die gleiche Maus ist. Kann ja sein, dass es sie immer wieder zurück ins Schlaraffenland zieht. Es ist schwierig, Mäuse auseinander zu halten. Die sehen alle gleich aus.

So vertreibe ich mir mit der Pfarrhausfauna die Zeit bis zum nächsten Dezember. Jetzt soll das Pfefferkuchenhaus vom letzten Jahr reanimiert werden. Ich packe es aus. Was für eine Bescherung! In der Zwischenzeit hat hier eine Hausbesetzung stattgefunden. Offenbar hat das Pfefferkuchenhaus einer Mäusefamilie als Aufzuchtstation gedient. Ich bin so gerührt, dass ich mich gar nicht darüber ärgern kann, als ich daran gehe, ein neues Häuschen zu backen.

Stellen Sie sich vor, Sie wären ein Mäusekind und in ein Pfefferkuchenhaus hinein geboren. Welch ein privilegierter Start ins Leben!

Papakekse

Mein Mann liebte es, wenn an den Wochenenden – und manchmal auch unter der Woche – der Duft von frisch gebackenem Kuchen durch das Pfarrhaus zog. Besonders, wenn er an seiner Predigt arbeitete, waren Zucker-, Butter- oder Zwetschgenkuchen nebst einem Gläschen Cognac für ihn notwendige Beigaben. Musste er besonders intensiv über einem Predigttext grübeln, kam es schon einmal vor, dass für den sonntäglichen Kaffeetisch nichts mehr übrig und eine erneute Back- runde erforderlich war.

In der Vorweihnachtszeit bevorzugte er Aprikosen- kekse. Die Kinder und ich waren über die gesamte Adventszeit mit der Herstellung seiner Lieblingskekse beschäftigt, um Versorgungslücken zu vermeiden. Mindestens dreimal pro Woche wurde in unserer Pfarr- küche Schokoladenteig angerührt und zu kleinen Kugeln geformt. Die Kinder hatten ihren besonderen Spaß daran, mit ihren kleinen Daumen Dellen in diese Teigkugeln zu drücken und die Vertiefungen anschlie- ßend mit Aprikosenmarmelade zu befüllen. Mein Mann schaute regelmäßig in der Küche vorbei, um den Herstellungsprozess erfreut zu kommentieren: „Oh, Ihr backt meine Kekse.“

So kam es, dass die Aprikosenkekse sehr bald zu Papakeksen umgetauft wurden. Diesen Namen haben sie in unserer Familie bis in die heutigen Tage behalten. Ohne Papakekse gibt es bei uns kein Weihnachten.

Papakekse:

80 g Butter
200 g Zucker
1 Ei
2 Päck. Vanillezucker
1 Prise Salz

1 Essl. süße Sahne
200 g Mehl
1 Teel. Backpulver
10 g Kakao
1/2 Teel. Zimt
Aprikosenmarmelade

Flüssige Butter, Zucker und Vanille schaumig rühren. Ei, Backkakao, Zimt, Salz und Sahne dazugeben und gut vermengen.

Mehl und Backpulver vermischen.
Das Eiergemisch dazugeben und alles gut verrühren.

Mit nassen Händen Walnuss-große Kugeln formen, auf zwei mit Backpapier ausgelegte Bleche setzen. Mit den Fingern kleine Dellen in die Kugeln drücken und diese mit Aprikosenmarmelade füllen.
Bei 160° C Umluft 12 Minuten backen.

Krippenspiele

Die Krippenspiele, die in unserer Gemeinde alljährlich am 24. Dezember im 16 Uhr-Gottesdienst aufgeführt wurden, fanden nicht immer ungeteilte Billigung. Das Problem war wohl, dass man sich in der Regel darauf beschränkte, die widerstrebenden Teilnehmer des jeweiligen Konfirmandenjahrganges zu verpflichten. Stellen Sie sich das Unbehagen dieser Teenager vor, in bizarrer Verkleidung und mit auswendig gelernten Texten vor den überfüllten Kirchenbänken zu stehen. Und das nicht nur unter den liebenden Augen ihrer Eltern, sondern auch den strengen ihrer jugendlichen Freunde und – noch schlimmer – ihrer kleineren Geschwister, von denen sie annehmen mussten, dass sie im Anschluss jeden Ihrer Patzer genüsslich kommentieren würden.

Unser Kirchenvorstand befand eines Tages das bisher Gezeigte als wenig geeignet, dem Anspruch einer aufstrebenden Gemeinde zu genügen. Immerhin kämen zu diesem Anlass Besucher in die Kirche, die sonst nicht erschienen und vielleicht könnte man sie mit einer etwas intelligenteren Unterhaltung auf den Geschmack bringen. Man überlegte hin und her, brütete Ideen aus und verwarf sie gleich wieder. Doch dann kam einer jungen Frau, die kurz zuvor in den Vorstand gewählt worden war, ein zündender Gedanke: „Ihre

Frau, Herr Pfarrer, ist doch gelernte Puppenspielerin!" Und schon war es passiert. Die Sache wurde beschlossen und ich mit der Aufgabe betraut, ein aussagekräftiges Krippenspiel zu entwickeln. Die junge Frau erbot sich, mir dabei zusammen mit ihren beiden kleinen Töchtern zu helfen. Für meinen Mann, den besten Delegierer aller Zeiten, war die Angelegenheit damit erledigt.

Wir fingen bereits im Sommer mit den Vorbereitungen an. Mehrere Kinder und ihre Mütter trafen sich im Sandkasten der Pfarrhauskinder. Vor jedem steckte ein 120 cm langer Stab mit einer kindskopfgroßen Schaumstoffkugel im Sand. Vermittels Zeitungspapier und Holzleim nahmen die Schaumstoffkugeln zunehmend menschliche Gesichtszüge an. Am Ende des Sommers waren alle Puppen fertig. Wir hatten drei Wirte, Maria und Josef, viele Engel und einige Hirten. So wurde klar, welcher Abschnitt der Weihnachtsgeschichte zu einem Drehbuch umzusetzen war: Die Suche des heiligen Paares nach einer Herberge.

Die restliche Zeit bis Weihnachten verging wie im Fluge. Es wurden Kleider für die Puppen genäht, die Kulisse musste gebaut werden. Für die Krippe wurde das hölzerne Geschirr-Abtropfgestell aus der Pfarrküche zweckentfremdet, in das eine in weißes Linnen gewickelte Babypuppe gebettet wurde. Ein Drehbuch musste geschrieben werden. Die Mütter übernahmen die Sprechrollen, die Kinder die Engel und die Hirten. Besonders rührend war der Anblick unseres jüngsten Engels, der kleiner war als die Engelpuppe. Alles, was von dem kleinen Puppenspieler zu sehen war, waren seine nicht ganz sauberen Turnschuhe, die unter dem Engelsgewand hervor lugten.

Dann kam mit dem 24. Dezember der große Tag. Schon am Vormittag füllte sich unser Wohnzimmer mit Besuchern. Zuerst kamen die Land- und Stadtstreicher, die einen warmen Platz brauchten, bevor die Notunterkunft in der Nachbarstadt zu einer abendlichen Weihnachtsfeier lud. Auch die Puppenspieler trafen nach und nach ein. Alle waren ziemlich blass um die Nase und sehr aufgeregt. Ich kochte für die ganze Runde beruhigenden Baldriantee, schmierte Käsebrote und servierte selbstgebackene Kekse.

Unsere Aufführung in der Kirche wurde ein voller Erfolg. Mit dem Auftritt der Puppen wurde es mucksmäuschenstill. Die jüngsten Besucher hielt es nicht auf ihren Plätzen, sie setzten sich dicht vor die Bühne und starrten gebannt auf die künstlichen Akteure. Unser Spiel dauerte zwanzig Minuten. Keiner hustete, keiner quengelte oder rutschte unruhig umher. Mein Mann war sehr angetan, dass es uns gelungen war, gleich mehrere Generationen in den Bann unserer Puppen zu ziehen. Es war sein letztes Weihnachtfest in der Gemeinde, ein weiteres sollte er nicht mehr erleben.

Der 40ste Geburtstag

Der Zufall oder auch die Vorsehung wollen es, dass mein Geburtstag im November mit dem meiner Vorgängerin zusammenfällt. So war mein Wiegenfest – zumindest solange die großen Kinder noch zu Hause wohnten – ein stiller Gedenktag an ihre früh verstorbene Mutter. Das einzige, was auf meinen Ehrentag hinwies, war ein Strauß roter Rosen mit Schleierkraut. Regelmäßig am Vorabend stürmte mein Mann in ein Blumengeschäft unseres Städtchens und verlangte mit pfarrherrlicher Stentorstimme nach genau diesem Gebinde. Schleierkraut gab es damals nicht das ganze Jahr über, schon gar nicht im November. An meinem ersten Pfarrfrauengeburtstag versuchten die Blumenbinder es mit einem weißlichen Ersatz. Doch in allen folgenden Jahren schafften sie es irgendwie, dass an diesem besagten Novembertag Schleierkraut vorrätig war.

Am Vorabend meines 40sten Geburtstages ist klar, dass es diesmal keinen Strauß geben wird. Mein Mann ist nach einer schweren Nierenkolik in ein tiefes Koma gefallen. Ich wache die ganze Nacht an seinem Bett und verschwende keinen Gedanken an den nächsten Tag.

Am folgenden Vormittag werde ich in die Realität zurückgerufen. Der erste Gratulant ruft an und erwähnt, dass mein Mann für mich eine große Feier geplant habe, zu der er alle Verwandten und Freunde eingeladen hat – zu uns nachhause. Natürlich hat er mir das nicht verraten, es sollte ja eine Überraschungsparty werden.

Was nun? An einen Großeinkauf ist gar nicht zu denken. Aber da lagert noch eine Torte in der Tiefkühltruhe, so eine gekaufte von professionellem Design. Ein Traum in Weiß mit rosa filigranen Verzierungen, die nicht so wirken als wären sie von Menschenhand erstellt. Diese Torte soll das einzige sein, mit dem ich meine vielen Gäste bewirten werde. Alles andere wird sich finden. Da gibt es immerhin noch einen Rest Schmalz im Keller und einen Topf saure Gurken.

Ich stelle die Torte zum Auftauen auf den Küchentisch und bleibe für die nächsten Stunden im Krankenzimmer. Hatte ich übrigens erwähnt, dass uns in diesen Tagen eine streunende Katze zugelaufen war? Sie ahnen vielleicht, was jetzt kommt. Als ich am späten Nachmittag kurz vor dem Eintreffen der Gäste in die Küche gehe, sitzt besagte Katze neben der Torte und hat sie schräg zur Hälfte abgefressen. Sie schaut mich mit einer Mischung aus Angst vor Bestrafung und seliger Zufriedenheit ob des verbotenen Genusses an. Ich schaue auf die Katze, sehe die schräge Torte, von

der nur noch eine Hälfte so wirkt, als wäre sie nicht
von Menschenhand erstellt und lache all die Tränen,
die mir in den letzten Tagen vergangen sind.

Ich schneide die Katzenhälfte ab und serviere den Gratulanten die Tortenhälfte, die noch vom Design her nicht zu übertreffen ist. Dazu serviere ich die Geschichte von der Katze, das Schmalz aus dem Keller und das wenige Brot, das noch da ist. Alle werden satt und das mit dem geringsten Einsatz. Im Kreise meiner Verwandten und Freunde fühle ich mich wie in Abrahams Schoß. Es wird ein wunderschönes Fest. Mein Mann erwacht erst am nächsten Morgen aus dem Koma und freut sich wie ein Kind, dass ihm die Überraschung so gut gelungen ist.

Seit diesem Tag gibt es zu allen meinen Geburtstagen Schmalzbrot und saure Gurken. Einem weiteren Haustier bleibt es vorbehalten, bei einem Geburtstag Jahre später das Torten-Brauchtum in veränderter Version fortzuführen. Es ist unser Familienhund, der eine in der Küche wartende Leberpastete frisst. Und meine jüngste Tochter übernimmt – kaum dass sie den Kinderschuhen entwachsen ist – eine weitere Tradition. Zu meinem Geburtstag erhalte ich von ihr den Rosenstrauß. Natürlich mit Schleierkraut.

Der letzte Wunsch

Die Frau im Spiegel an diesem klirrend kalten Dezembermorgen, die kenne ich nicht. In den vergangenen Monaten bin ich mit meinem Mann mit gestorben. Vor wenigen Tagen hat er aufgehört zu atmen und ich nicht. Und zum ersten Mal, knapp nach meinem 40sten Geburtstag, wird mir in diesem Augenblick bewusst, wie schnell ein Mensch altert, wenn man ihm dabei für einige Zeit nicht zusieht. Die Frau im Spiegel hat all ihre Farbe verloren. Und mir wird in diesem Augenblick bewusst, dass ich seinen letzten Wunsch nicht erfüllen kann.

„Wenn sie mich in die Grube senken, gewähr' mir einen letzten Blick auf Deine schönen Beine." Das hatte er sich gewünscht, nachdem wir mit großem Vergnügen einen Film anschauten, dessen Name mir entfallen ist. In der Anfangsszene betrachtet Al Pacino, dieser Womanizer, aus seinem offenen Grab die vorbei defilierenden Beine all seiner Geliebten und erfreut sich ein letztes Mal an der langen Reihe schöner Anblicke. „Natürlich, Lieber. Gib mir eine Liste mit all meinen Vorgängerinnen und ich werde dafür sorgen, dass sie zur Stelle sind", hatte ich gescherzt. Damals wussten wir schon, dass der Tod nicht mehr lange auf sich warten lassen würde.

Als ich ihm dieses Versprechen gab, war mir nicht klar, dass meine Rolle als Ehefrau mit seinem letzten Atemzug abrupt enden würde. Die Kleinstadtgemeinde hat mit ihm ihren Pfarrer im Amt verloren und für die Abläufe danach gibt es feste Regeln. Die minutiöse Organisation seiner Beerdigung liegt in den Händen der landeskirchlichen und lokalpolitischen Würdenträger. Vielleicht ist es gut so. Ich wäre sicher nicht fähig, nach diesen letzten intensiven Monaten ein öffentliches Großereignis zu planen, geschweige denn durchzuführen.

Am Morgen des Begräbnisses schwirrt das Pfarrhaus von Helfern und Organisatoren jeglicher Herkunft. Es werden Ablaufprotokolle erstellt, die die Reihenfolge der Traueransprachen festlegen. Dabei sind natürlich die festgefügten Vorrangstellungen zwischen Kirche und Politik genauestens zu beachten. Bleche von Butterkuchen und Riesenthermoskannen mit Aufklebern *Kaffee, Tee* und *heißes Wasser* werden durch unser Wohnzimmer getragen. Es muss alles seine Ordnung haben, in der ich als Witwe gar nicht vorkomme.

In all diesem geschäftigen Hin und Her kommt eine Freundin, die meinen Mann gut kannte. Ich falle ihr schluchzend in die Arme: „Sie beerdigen ihren Pfarrer und ich muss meinen Mann beerdigen." Ich erzähle ihr von seinem letzten Wunsch. Hilflos sage ich: „Aber wie soll ich das machen, es ist doch alles durchorganisiert?" Sie schaut kritisch auf meine zusammengewürfelte Beerdigungskleidung und antwortet: „Das wirst Du ihm nicht antun. Stell Dir bloß vor, er guckt von oben zu und sieht seine Frau in Sack und Asche." Sie geht an meinen Kleiderschrank und holt ein schwarzes Samt-Cape, Stöckelschuhe und Seidenstrümpfe heraus.

Der Beerdigungszug hat Aufstellung genommen. Vorne hinter dem Sarg die lange Reihe von schwarzen Talaren, kirchlichen Honoratioren und Pfarrkollegen. Dahinter die Ortsbürgermeister und Stadtverordneten, die Kirchenvorstände und danach die Gemeinde. Für die Pfarrwitwe ist in dieser Reihe kein fester Platz vorgesehen.

In diesem Augenblick fährt ein Auto an das Ende des wartenden Trauerzuges. Diesem entsteigt eine junge, tiefschwarz gekleidete Frau, deren wehendes Cape die Sicht auf seidenbestrumpfte Beine freigibt. Sie stöckelt mit einer langstieligen Baccara an der wartenden Reihe vorbei und übernimmt direkt hinter dem Sarg die Führung des Zuges. Sie nimmt am Grab ihres

Mannes als erste und allein Aufstellung und gewährt ihm einen letzten Blick auf ihre schönen Beine. Und jedem, der dabei ist, wird bewusst, dass hier nicht der Pfarrer, sondern ein charismatischer Mann zur letzten Ruhe getragen wird.

Sie winkt die Kinder heran, damit sie ihrem Papa selbstgebastelte Glitzersterne mitgeben können. Erst dann gibt sie ihren Mann frei für die offizielle Beerdigungsfeier.

Ostern mitten im Dezember

Der Familien-Esstisch passte, als mein Mann noch lebte. Auf einmal ist er viel zu groß. Die kleine Restfamilie hat sich in einer Ecke zusammen gedrängt. Die Kinder streiten sich wie jeden Morgen um das Marmeladenglas. Die Mama schiebt es mechanisch und gedankenverloren mal auf die eine, mal auf die andere Seite.

„Warum braucht der immer solange?" Der kleine Bruder, gerade im Besitz der Macht und des halb geleerten Glases, kostet die Situation voll aus. Er bestreicht sein Brötchen mit der begehrten Masse wie ein Künstler, der mit Bedacht die Farben von der Palette auf die Leinwand setzt. Die kleine Schwester, kurz davor die Nerven zu verlieren, rennt um den Tisch herum, um ihrer Forderung mit Gewalt Nachdruck zu verleihen. Die Mama nimmt dem Kleinen das Glas aus der Künstlerhand und lockt damit das Töchterchen zurück auf seinen angestammten Platz. Der Familienfriede ist wieder hergestellt.

In die zufriedene Stille hinein sagt der Junge: „Wir müssen zum Friedhof!" Die Mama, aus ihren Gedanken aufgeschreckt, weist aus dem Fenster und bemerkt, dass es noch nicht einmal Tag sei und es überdies gerade zu schneien angefangen habe. „Ja", sagt das Mädchen, „der Papa ist auferstanden."

Der Mama bleibt der letzte Brötchenbissen im Halse stecken. Sie weiß nicht, was sie sagen soll und fühlt sich auf einmal so hilflos wie in den ganzen letzten Wochen nicht. Vor drei Tagen, kurz nach Nikolaus, haben sie den Papa beerdigt und – wie die Kinder sagen – mit einer dicken Decke aus wunderschönen Blumen zugedeckt. In der Schule hatten die Kleinen die Geschichte der Auferstehung zu Ostern gelernt. Der Sohn sagt: „Jetzt sind es drei Tage her und heute ist der Papa auferstanden!" „Klar", ergänzt die Tochter. „Papa war so gut wie Jesus. Wenn der auferstanden ist, dann ist der Papa das jetzt auch!"

Die Mama weiß immer noch nicht, was sie darauf sagen soll. Sie packt die Kinder in ihre Schneeanzüge. Gemeinsam macht man sich in dieser frühen Stunde eines kalten Dezembertags auf den schneebedeckten Weg zum Friedhof und ist froh, dort alles so zu finden wie es vor drei Tagen verlassen wurde. Da liegt der Papa noch unter der schönen dicken Blumendecke. Ein offenes Grab, das möchten sich die drei jetzt doch lieber nicht vorstellen bei der klirrenden Kälte.

Der Sohn blickt sinnend auf das Grab und sagt: „Die Geschichte von der Auferstehung stimmt gar nicht." Das sei der Beweis, stimmt ihm seine Schwester zu: „Der Papa ist noch da."

Fußweh

Nach dem Tod meines Mannes leben wir noch für einige Wochen im Pfarrhaus. Ich muss eine neue Wohnung finden, den Haushalt auflösen und vor allem reduzieren. Alles, was nicht auf die wenigen Quadratmeter unserer neuen Bleibe passt, muss verschenkt oder entsorgt werden.

Es ist schon Abend und regnet in Strömen. Ein Landstreicher klingelt und bittet um Obdach. Die Notunterkunft in der nächsten Stadt hat um diese Zeit bereits geschlossen. Ich biete ihm unsere Garage an, fahre das Auto heraus, gebe ihm Matratze und Decke. Er ist froh, dass er bei diesem Wetter ein Dach über dem Kopf hat und ich bin froh, ihn nicht ins Haus lassen zu müssen. Mein Mann hätte das getan, aber ich traue mich nicht.

Am nächsten Morgen steht das Garagentor weit offen. Vom Übernachtungsgast keine Spur. Auch keine von meinem Fahrrad. Das Rad meines Mannes steht noch da. Das hätte ich dem Landstreicher geschenkt, ich muss es ohnehin weggeben. Doch ausgerechnet meines nimmt er mit. Dieser Wurm! Ich fasse es nicht. Ich werde selten sauer, aber jetzt werde ich es. So richtig sauer. Was hat sich diese Krone der Schöpfung wohl dabei gedacht?

Als ich wenig später zu meiner damaligen Arbeitsstelle komme, erzählt eine Kollegin lachend: „Ich habe gerade eine wundersame Erscheinung gehabt. Auf der Bundesstraße kommt mir ein völlig abgerissener Landstreicher auf einem eleganten Damenfahrrad entgegen, an dem viele Plastiktüten baumeln." „Das war mein Fahrrad", entgegne ich elektrisiert. Ein Anruf bei der Ortspolizei bringt augenblicklich die Staatsgewalt auf den Plan. Innerhalb kurzer Zeit sind Delinquent und Drahtesel dingfest gemacht.

Nach wenigen Stunden kann ich mein Fahrrad auf der Wache abholen. „Sie sollten etwas vorsichtiger mit den Landstreichern sein", ermahnt mich der Freund und Helfer. „Herr Wachtmeister, Sie können nicht von mir verlangen, dass ich meinen Glauben an die Menschheit aufgebe, nur weil einer davon sich daneben benommen hat." Der Polizist starrt mich an und sagt dann nachdenklich: „Wir werden wohl ein Auge auf Sie haben müssen, solange Sie noch im Pfarrhaus sind."

Wenige Tage später steht der Unglücksrabe kleinlaut wieder vor meiner Tür, um sich zu entschuldigen. Das hätte ich nicht erwartet, so weit geht mein Glaube an die Menschheit nun auch nicht. Er soll mir aber nicht so leicht davonkommen. Ich überziehe ihn mit Blitz und Donner. Vor allem will ich wissen, warum er mein Fahrrad genommen hat, das meines Mannes hätte ich ihm geschenkt. Der Besucher schaut entgeistert und fragt: „Hätte ich das denn gedurft?" Jetzt ist es an mir, entgeistert zu sein. „Was heißt hier dürfen? Haben Sie sich das überlegt, als Sie meins genommen haben?"

Dem kann er nichts entgegensetzen. Nach einer Weile sagt er leise: „Mir tun die Füße weh." Ach so. Das entscheidet die Sache. Ich habe mich schon immer gefragt, warum das fahrende Volk meist zu Fuß unterwegs ist. Er trollt sich mit dem Herrenfahrrad von dannen, dieses Mal legal. Ich bin froh, dass ich es los bin. Das kosmische Gleichgewicht ist wiederhergestellt. Wieso nicht gleich so?

Die Katze

Sie erinnern sich, dass uns kurz vor meinem 40sten Geburtstag eine streunende Katze zugelaufen war, die ihr Asyl in unserem Pfarrhaus dadurch dankte, dass sie sich die Hälfte meiner Geburtstagstorte einverleibte? Diese Katze hatte bei uns leider nur noch ein kurzes Leben.

Als die Kinder und ich eines Tages vom Einkaufen zurückkommen, steckt sie in einem versehentlich offen gelassenen Kippfenster des Pfarrhauses – sie ist tot. Das ist für uns alle ein großer Schrecken. Die kleine Tochter rennt verzweifelt durch das Haus und schreit ihr ganzes Herzeleid heraus: „Der Papa und die Katze!"

Ich stehe selbst unter Schock und versuche, die Kinder zu beruhigen. Zunächst einmal müssen wir den Katzenleichnam aus dem Fensterkreuz bergen. Das stellt sich als schwierig heraus. Am Ende schaffen wir es doch. Wir wickeln die Katze in unsere feinsten Tücher, schaufeln ein Loch im Pfarrgarten, legen ihre sterblichen Überreste behutsam hinein und bedecken sie mit Erde.

Der Sohn bastelt ein Kreuz aus kleinen Holzstangen und schreibt mit seiner krakeligen Kinderschrift „Katzi" darauf. Die Tochter sucht den frühlingshaften

Pfarrgarten nach allem ab, was zu dieser frühen Jahreszeit schon blüht. Sie will, dass die Katze eine genauso schöne Blumendecke bekommt wie der Papa sie auf seinem Grab hatte.

Die Trauer der Kinder ist groß. Ich versuche sie zu trösten, indem ich sie an das schöne Leben erinnere, das diese Katze bei ihnen hatte. „Gut, dass sie die halbe Torte gefressen hat", meint der Bruder. „Sie hätte auch die andere Hälfte haben können, aber dann wäre ihr vielleicht schlecht geworden", antwortet die Schwester. Gemeinsam singen sie am Katzengrab das Lied, mit dem ihr Papa sie vor noch gar nicht langer Zeit in den Schlaf gesungen hat: „Jesu, Deine Passion…", den Rest des Liedes summen sie ohne Text. In der Regel waren sie bereits eingeschlafen, wenn mein Mann an diese Stelle kam.

Verlorene Söhne

Ich hatte Ihnen anfangs schon von unserer Arbeitsteilung erzählt. Mein Mann übernahm die Christen, ich die Heiden. Nach seiner Beerdigung bleibt – solange wir noch im Pfarrhaus sind – nur noch mein Anteil. Die Christenheit meidet uns. Das ist nichts, worüber man besonders schockiert sein muss. Es ist ein Naturgesetz, nicht nur unter Christen. Geht der Partner, bricht auch das Umfeld weg. Wir wollen uns nicht damit aufhalten, die Gründe dafür zu analysieren. Viele Jahre später erfahre ich aus berufenem Mund, dass die Gemeinde davon ausging, ich hätte genug Hilfe. Später werde ich an Tagen, an denen ich nicht so gut drauf bin, manchmal denken, es wäre anders gewesen, wenn mein Mann übrig geblieben wäre.

In den Tagen damals geht am späten Abend die Pfarrhausklingel. Mit gemischten Gefühlen öffne ich die Tür. Ach Du Schreck! Vor mir steht eine Horde junger Männer. Skins!

Bevor ich reflexartig die Tür zuschlagen kann, erkenne ich einige von ihnen aus der Zeit, die ich mit meinen Kindern auf dem Spielplatz verbracht habe. Einer von Ihnen trägt eine Tulpe in der Hand, die kurz vor dem Verwelken ist. Wo er die bloß her hat? Wahrscheinlich aus meinem Garten. Wie auch immer, offenbar weiß er, was sich für einen Beileidsbesuch gehört.

Die Tür mit mir darin bleibt also offen. Die Skins schauen mich an und ich weiß auch nicht, was ich sagen soll. Schließlich ergreift der Anführer der Gruppe das Wort: „Der Pfarrer war ein Arsch." Mir stockt der Atem. Fieberhaft überlege ich, ob ich diese Flegel zurechtweisen oder lieber doch die Tür zuschlagen soll. Schade, dass mein Mann das jetzt nicht mehr hören kann. Von Menschen dieser Geisteshaltung hätte er das als Kompliment genommen. Aber das behalte ich in diesem Augenblick lieber für mich.

Ich bekomme die Blume in die Hand gedrückt. „Wir wollen uns von Ihnen verabschieden. Wenn Sie Hilfe brauchen, wissen Sie ja, wo Sie uns finden." Damit trollen sie sich und lassen mich nachdenklich zurück. Ich hätte mit allem gerechnet, aber damit nicht. Schade um die verlorenen Söhne.

Von Fröschen und Prinzen

Ganz in der Nähe unseres Pfarrhauses fließt ein keiner Bach, ein idyllisches Stück Natur, an den Uferrändern mit hohem Schilf bewachsen. In diesem Bach gibt es Frösche, die die dort spielenden Kinder regelmäßig davon abhalten, rechtzeitig zum Abendessen zu Hause zu sein.

Wenige Monate nach dem Tod meines Mannes finde ich die Kinder, wie sie gemeinsam mit ihren kleinen Freunden durch das Bachbett waten und über die Wasseroberfläche gebückt angestrengt nach etwas suchen. Ich denke bei mir, dass eines der Kinder vielleicht seinen Hausschlüssel verloren hat, in dieser Hinsicht bin ich durch alle meine Zöglinge vorbelastet. Doch nein, es ist kein Hausschlüssel, nach dem sie suchen. Ich sehe, wie sie nach kleinen Fröschen greifen, den jeweils Eingefangenen küssen, kurz warten und ihn anschließend wieder ins Wasser werfen. Ich bin empört ob dieser Tierquälerei. „Was macht Ihr da?", will ich wissen. Die Kinderbande schaut lobheischend zu mir hin. Sie erklären:

„Wir suchen einen Prinzen für Dich."

Die Vertreibung aus dem Paradies

Nach dem Tod meines Mannes mussten wir das Pfarrhaus möglichst zügig verlassen, um dem neuen Pfarrer Gelegenheit zu geben, seiner Residenzpflicht zu genügen. Was ich in dieser Zeit auf der Suche nach einer neuen Herberge erlebte, ist kein Stoff für nette Geschichten. Mir wurde klar, in welch geschütztem Umfeld ich mit meinen Kindern im Pfarrhaus gelebt hatte. Ich gewann einen tiefen Einblick in den Umgang, den unsere Gesellschaft mit alleinerziehenden Müttern pflegt. „Es tut mir ja leid, aber…" Was dann an Erklärungen von potentiellen Vermietern auf dem freien Wohnungsmarkt folgte, war häufig mehr als ehrenrührig. Ich hatte zwei kleine Kinder und war selbst noch jung – das führte zu den wildesten Vermutungen.

Dass wir dann doch eine neue Bleibe fanden, geschah durch die Vermittlung der Kirchenregierung. Für uns begann die Zeit des endgültigen Abschieds. Das Mobiliar von 130 Quadratmetern musste innerhalb kürzester Zeit auf 68 Quadratmeter herunter gebrochen werden. Da stellte sich bei vielen lieb gewordenen Stücken die Frage, ob sie weiterhin in unserem Leben einen Platz finden konnten. Von der gemütlichen Sofaecke mussten wir uns zugunsten des großen Familientisches trennen. Dieser Tisch hatte schon vor meiner Einheirat in die Familie alle Lebensspuren aufgenommen, von Teegläsern ohne Untersetzer bis hin zum Abdruck eines heißen Bügeleisens. Bis in die heutigen Tage hat der Tisch alle unsere Umzüge mitgemacht und sich in jeder neuen Wohnung als viel zu groß erwiesen. Je nachdem, mit welchen Augen der Tisch betrachtet wird, ist er entweder über die Maßen ansehnlich oder überhaupt nicht repräsentativ. Für mich und unsere Kinder ist er wie das Logbuch unseres Familienlebens. Sollte er eines Tages aus meinem Leben verschwinden, dann, weil ich die Staffel des Familienoberhaupts an eines meiner Kinder abgegeben habe.

Sie möchten wissen, was aus Pfarrers Kindern wurde? Ich kann Sie beruhigen. Nicht immer halten Volksweisheiten dem wirklichen Leben stand. Sie sind zu prächtigen Menschen herangewachsen und haben alle ihren Platz im Leben gefunden.

Die Dekade im Pfarrhaus war nur eine von mehreren in meinem Leben. Ich bediente mich meiner erlernten Kompetenzen und ging in meinen angestammten Beruf zurück. Aus dieser Zeit stammt die letzte Geschichte, die sich nahtlos an den Pfarrhauszyklus anschließt und Hoffnung gibt, dass alles gut wird und sogar ein trauriges Ende immer nur ein neuer Anfang ist.

Doppelt hält besser

In meine Praxis kommt eine muslimische Patientin. Im Verlaufe des Gesprächs erzählt sie von ihren Kindern und fragt, ob ich auch welche hätte. „Vier", erwidere ich, „zwei davon sind allerdings geschenkt. Die hat mein Mann mit in die Ehe gebracht."

Da geht ein Leuchten über das Gesicht der Fragestellerin: „Dafür kommst Du in den Himmel. Wir Muslime glauben, dass eine Frau, die das Kind einer anderen großzieht, ins Paradies kommt." Nach einer bedeutungsvollen Pause setzt sie hinzu: „Du hast sogar zwei davon!"

Wir freuen uns, einander begegnet zu sein. Ich, weil ich bis dahin noch nichts von meinem Glück wusste, sie, weil sie mit einer Frau zusammensitzt, die mit Sicherheit ins Paradies kommen wird.

Dann jedoch fällt mir ein: „Oh schade, ich bin doch Christin!"

„Das macht nichts", beruhigt die andere, „das ist Allah egal!"

Vielen Dank an

- Alexander Hoffmann für das einfühlsame Lektorat
- Susanne Wylegalla für den schnellen und kompetenten Schriftsatz
- meine Tochter Anneke Reiß-Maaoui für die schöne Illustration
- meine Schwägerin Elisabeth Reiß für das hübsche Titelblatt
- Ursel, Sulima, Heidi, Barbara, Susanne, Sabine, Dörthe, Uli und Theo, die schon immer daran geglaubt haben, dass ich diese Geschichten einmal zu Papier bringe
- meine Kinder dafür, dass sie mir soviel Stoff für Geschichten geliefert haben
- Rudi Schaefer, ohne den ich meinen Lektor nicht gefunden hätte
- meinen Mann Dieter dafür, dass es ihn gegeben hat

Marianne Reiß
Braunschweig, Juli 2017

Zur Person

Marianne Reiß

Jahrgang 1949, ist Diplom-Trophologin, Ernährungsthera-peutin und Autorin. Nach ihrem beruflichem Einstieg in Frankfurt/M. heiratete sie einen verwitweten Pfarrer mit zwei halbwüchsigen Kindern. Ihre berufliche Familienpause nutzten sie und ihr Mann dazu, die Familie mit zwei gemein-samen Kindern zu vervollständigen. Nach dem Tod des Ehemannes ging sie in ihren angestammten Beruf zurück und führt heute eine Praxis für Ernährungstherapie in Braunschweig.

Pfarrer Dietrich Reiß †

Jahrgang 1934, begann seine berufliche Laufbahn als Studentenpfarrer in Lübeck. Danach kehrte er der Kirche den Rücken, wurde Journalist und arbeitete als politischer Redakteur bei den Lübecker Nachrichten, der Stuttgarter Zeitung und der Frankfurter Rundschau. 1980 fand er zur Kirche zurück und übernahm eine Gemeinde in der Braun-schweigischen Landeskirche. Er starb im Dezember 1989.

Weitere Veröffentlichungen

Über Regeln im allgemeinen und besonders die Dogmen zur gesunden Ernährung äußert sich die Autorin und Ernährungstherapeutin auf ihrem Blog „Auf ein Wort". Nachzulesen unter *www.ernaehrungstherapie-bs.de*

Auf ihrer Autoren-Website *marianne-reiss.info* erzählt sie von ihren Büchern:

Reste-Essen reloaded

*Die Tipps und Tricks
der Nachkriegsküche
Books on Demand 2017
152 Seiten, 9,90 €*

In dieser kleinen Rezeptesammlung verraten Nachkriegshausfrauen wie auch ihre Töchter und Söhne, was man aus Essensresten alles zubereiten kann.

Reiß-Wolf sucht Familie

*Geschichten vom Philip
Books on Demand 2017
68 Seiten, 7,80 €*

Der Reiß-Wolf ist der Hund der Familie Reiß. Er kam als Welpe in die Familie. Gefunden an der Autobahn. Und eigentlich sollte er nicht bleiben. Aber es kam anders …